カエルのつけもの石

ひろみ

幻冬舎MC

カエルのつけもの石

もくじ

カエルのつけもの石

しろうさんのお店は、以前《いぜん》は、人気のつけもの屋さんでした。大根《だいこん》に白菜《はくさい》に人参《にんじん》、ナスにキュウリにキャベツ、色とりどりのつけものが、ならんでいました。

「いらっしゃい、いらっしゃい、うまいよ〜」
「大根ちょうだい」
「白菜ちょうだい」
「ここのつけもの、おいしいのよね」
「まいどあり〜」

しろうさんは、お客さんが、うれしそうにつけものを買っていく顔を見るのが大すきでした。

ところが、近ごろ、だれも、お店に入ってきません。

「いらっしゃい、いらっしゃい、うまいよ〜。つけもの、いかがですか？」

道行く人に、声をかけてみると、

「うちの子、つけものよりサラダがすきなのよ」

「つけものは、においがね」

そんな言葉が、返ってきました。

「どうしたら、また、みんなが、つけものを食べてくれるかなあ？」

いろいろ考えていると、近所のねこがやってきました。

「ほら」

売れ残《のこ》りのつけものを、ねこの前に、おきました。ねこは、ちょっとにおいをかいだだけで、向こうへ行ってしまいました。

次の日のことです。

(昨日のねこにもみんなにも、なんでもいいから、人気のつけもの屋になりたいなあ)

しろうさんは、そんなことを考えながら歩いていると、空きカンにつまずいて、ころんでしまいました。

「いたたた」

しろうさんは、カンをひろって、ひっくりかえしました。すると、中からカエルと小石が出てきました。

「ひどいよ。さっきは、けとばして、今度は、さかさまなんて」

出てきたカエルが、こしをさすりながらいいました。しろうさんは、カエルがいきなりしゃべりはじめたので、びっくりしました。でも、カエルは、そんなことは、いっさい気にせず、

「カンから出られたから、お礼に、いいものをあげるよ」

そういって、自分といっしょにカンに入っていた、小さな石をさしだしました。

「そんなもの、いらねえよ」

しろうさんが、そっけなくいうと、

「これがあると、思っていることが、かなうのに」

カエルはそういうと、草むらに入ってしまいました。

「思いがかなう？」

しろうさんは、なんとなく、その石をひろって、ポケットに入れ、家に帰りました。


「ようし、始めるぞ」

いつものように、つけものを作ろうとすると、どこからか、声が聞こえてきます。

「早く、早く～」

「よっ、待ってました！」

どうやら、話をしているのは、つけものたちでした。

「こんどは、おまえたちが、しゃべるのか」

おどろいていると、

「いいから、早く」

「それを、おいてちょうだい」

つけものたちが、つぎつぎにいいました。

「なんのことだ？」

首をかしげると、

「それよ、ポケットの中」

つけものたちが、そういうので、しろうさんは、ポケットに手を入れ、さっき、もらった小石を取り出しました。そして、

「これか？」

そう聞くと、

「そうよ、早く、早く」

「急いでよ～」

つけものたちがあんまり急《せ》かすので、一番大きなつけもの石の上に、そっと、

小石をおきました。

「やっぱり、これだねぇ」

「これを、待っていたのよ」

「きくぅ」

つけものたちのうれしそうな声が、あたりにひびきわたりました。

「なんだかわからないけれど、まあいいか」

しろうさんは、うれしそうなつけものたちを見ていると、自分までうれしくなりました。


それからというもの、しろうさんのつけもの屋さんは大いそがし。

近ごろ、つけものに、見向きもしなかった近所の人が、つけものを食べにやってきます。そして、

「これは、うまい」

「こんなにおいしいつけものは、初めてだ」

ポリポリ、カリカリ止まりません。

「わっはっは」

しろうさんは、近所で、人気のつけもの屋さんになり、大よろこびです。

ひょうばんは、どんどん広まっていき、町じゅうの人が、つけものを食べにやってきます。そして、

「これは、うまい」

「こんなにおいしいつけものは、初めてかも」

やっぱり、ポリポリ、カリカリ止まりません。

「わっはっは、わっはっは」

しろうさんは、町で、人気のつけもの屋さんになり、ますます大よろこびです。

ひょうばんは、どんどん、どんどん広まっていき、日本各地から、新幹線《しんかんせん》や飛行機《ひこうき》に乗って、たくさんの人が、つけものを食べにやってきます。そして、

「これは、うまか」

「めっちゃ、おいしいんちゃう」

やっぱり、ポリポリ、カリカリ止まりません。

「わっはっは、わっはっは、わっはっは」

しろうさんは、日本で、人気のつけもの屋さんになり、ますます、ますます大よろこびです。


ひょうばんは、どんどん、どんどん、どんどん広まっていき、世界各地から、飛行機や船やロケットに乗って、たくさんの人が、つけものを食べにやってきます。そして、

「デリーシャス」

「ボ〜ノ」

「ナ〜イス、ツケモ〜ノ」

やっぱり、ポリポリ、カリカリ止まりません。

「わっはっは、わっはっは、わっはっは、わっはっは」

しろうさんは、世界で、人気のつけもの屋さんになり、ますます、ますます、ますます大よろこびです。

ひょうばんは、どんどん、どんどん、どんどん、どんどん広まっていき、ペットたちまでが、つけものを食べにやってきます。そして、

「これは、うまいニャン」

この前のねこが、おいしそうに、つけものを食べています。

「こんなにおいしいものは、初めてだワン」

ドッグフードしか食べないはずの、知り合いの家の犬も、やっぱり、ポリポリ、カリカリ止まりません。

「わっはっは、わっはっは、わっはっは、わっはっは、わっはっは」

しろうさんは、ペットにまで、人気のつけもの屋さんになり、ますます、ますます、ますます、ますます大よろこびです。

ひょうばんは、どんどん、どんどん、どんどん、どんどん、どんどん広まっ

ていき、遠くジャングルから、トラにヒョウにライオンが、つけものを食べにやってきます。そして、

「なんてヘルシー、うまい」

「さいきん、肉にあきていたんだ」

やっぱり、ポリポリ、カリカリ止まりません。

「わっはっは、わっはっは、わっはっは、わっはっは、わっはっは、わっはっは」

しろうさんは、動物たちにまで、人気のつけもの屋さんになり、ますます、ますます、ますます、ますます大よろこびです。

ひょうばんは、どんどん、どんどん、どんどん、どんどん、どんどん、どんどん広まっていき、亡《な》くなったはずのご先祖《せんぞ》様が、つけものを食べにやってきます。そして、

「それにしても、うまいなあ」

「まるで、生きかえるようだわ」

やっぱり、ポリポリ、カリカリ止まりません。

「わっはっは、わっはっは、わっはっは、わっはっは、わっはっは、わっはっは」

しろうさんは、あの世にまで、人気のつけもの屋さんになり、ますます、ますます、ますます、ますます、ますます大よろこびです。

ひょうばんは、もう人間や動物だけではありません。どんどん、どんどん、どんどん、どんどん、どんどん、どんどん広まっていき、テレビや冷蔵庫《れいぞうこ》など家電《かでん》にまで広まりました。それも、ずっと前に捨《す》てられたり、こわれたりした家電が、つけものを食べにやってきます。そして、

「うまい、うまい」

「また、動けるかもしれない」

やっぱり、ポリポリ、カリカリ止まりません。

「わっはっは、わっはっは、わっはっは、わっはっは、わっはっは、わっはっは、わっはっは、わっはっは、わっはっは」

しろうさんは、こわれた家電にまで、人気のつけもの屋さんになり、ますます、ますます、ますます、ますます、ますます、ますます、ますます大よろこびです。

しろうさんは、思ったとおり、みんなに人気のつけもの屋さんになりました。

毎日毎日、お店の中は、人やら動物やら、捨てられた家電やら、何がなんだか、わけがわからないくらい、ごちゃごちゃです。

「ポリポリポリポリ」

「カリカリカリカリ」

「ポリポリ、カリカリ、ポリポリ、カリカリ」

「ポリポリ、カリカリ、ポリポリ、カリカリ、ポリポリ、カリカリ、ポリポリ、カリカリ」

いろいろな人や動物やモノの、つけものを食べる音が、店じゅうに、ひびきわたっています。

「お～い、お茶のおかわり」

ねこが、ひげを立てていいました。

「お茶じゃなくて、コーヒーにして」

ライオンが、こわい顔でいいました。

「ビールを持ってきてくれ。まあ、一ぱい」

あちこちで、えん会が始まりました。

「のみものが、まだきていないぞ～」

さいそくするのは古いエアコンです。

「は～い、ただいま～」

しろうさんは、つけものを出したり、お茶を出したり、お酒まで……。もう、へとへとです。


それだけではありません。夜になると、お店の中は、亡くなったはずのご先祖様たちが、わんさかやってきます。そして、

「今からが、わしらの時間じゃ」

「つけもの、いっちょう」

「は〜い、ただいま〜」

しろうさんは、ねるひまもありません。

おまけに、夜中でも、

「ポリポリポリ」

「カリカリカリ」

「ポリポリ、カリカリ、ポリポリ、カリカリ」

「ポリポリ、カリカリ、ポリポリ、カリカリ、ポリポリ、カリカリ、ポリポリ、カリカリ」

亡くなったはずのご先祖様たちの、つけものを食べる音が、店じゅうに、ひびきわたっています。

「うるさ〜い」

しろうさんは、耳をふさいでも、ねむれません。

今日も、朝から、お店の中は、人や動物や捨てられた家電で、ごちゃごちゃです。夜中にやってきて、あの世に、帰らなかったご先祖様まで、部屋の中でねています。

「こんなはずじゃなかった。助けてくれ～」

しろうさんは、今にもなきだしそうです。そのうちに、頭をかかえて走っていきました。

そして、つけもののところまで来ると、一番大きな石の上の、あの小さい石をつまみ上げ、

「ポトン」

空きカンの中に、入れてしまいました。

あたりは、急に静《しず》かになりました。あんなにごちゃごちゃいた人も動物もご先祖様も古い家電も、もうだれもいません。

「やっと静かになった。よし、もう一度。今度は、生きている人間だけに、人気のつけもの屋になるぞ～」

しろうさんはそういって、さっきカンに入れた小さな石を出そうと、カンをさかさまにしました。でも、なん度カンをふってもカラカラ音がするだけで、何も出てきませんでした。

お花の絵かけたよ

「今日は、お花の絵を、かいてきてください」

花子先生が、宿題を出しました。

「は〜い」

みんなの手が、元気よくあがりました。

ひなちゃんは、おうちに帰ると、宿題で、絵にかく花を見に、庭へ行きました。

「あれ？」

下を向いている花を見つけました。きれいな色の小さな花が、たくさんついているのに、なんだか元気がありません。両手で、そうっと持ちあげました。

「……」

何か聞こえたような気がしました。でも、よくわかりません。その花に、耳を近づけてみると、

「助けて、のどがからからなの」

小さな声が聞こえました。

ひなちゃんは、急いでじょうろを持ってきて、その花に、水をたっぷりかけてあげました。すると、花は、シャキッと前を向きました。小さな花は、一つ一つきらきら光っています。

「よかったあ」

ひなちゃんは、ほっとしました。

「ありがとう。わたしたちは、雨が大すきなの。雨ふりの日は、みんなで歌うのよ」

水色のきれいな花が、元気よくいいました。

「じょうろの水は、雨じゃないよ」

ひなちゃんは、くすっとわらいました。

お花たちが、うれしそうに見えたので、もう一度水をかけてあげました。すると、花は、本当に歌いはじめました。

「雨がすき♪」

「じょうろもすき♪」

「さあ歌おう♪」

「いっしょに歌おう♪」

お花たちは、元気な声で、なん度も歌いました。歌に合わせて、アマガエルまで出てきました。アマガエルにも水をかけると、うれしそうにでんぐり返しをしました。

「これ、なんていう花かなあ？」

ひなちゃんは、名前も知らない花がすきになりました。

花は、歌いおわると、

「たくさんの雨をありがとう。宿題がんばってね」

そういって、ぴんと立ち、前を向きました。アマガエルは、いつのまにかいなくなりました。

ひなちゃんは、部屋に入って、絵をかきはじめました。絵の具に水をまぜ、水色とむらさき色と青色の、こい色とうすい色を作りました。小さな花に色をぬっていくと、花がわらっているように見えます。大きな口をあけて、歌っているようにも見えます。花の近くで、でんぐり返しをするアマガエルもかきました。

ようやく、花の絵がかけました。でも、できあがった絵が、ちょっぴり気にいりません。

「何か、足りないんだよね」

ひなちゃんが、絵を見ながら考えていると、

「ただいま〜」

お母さんが帰ってきました。

「お母さん、見て、お花の絵」

ひなちゃんが絵を見せました。すると、

「ひな、じょうずだね。すてきだよ。雨がすき、じょうろもすき、さあ歌おう、いっしょに歌おう♪」

お母さんは、さっき聞いた花の歌と、同じ歌を歌いました。

「なんで？　お母さん、その歌、知っているの？」

ひなちゃんが聞くと、

「わすれたの？　お母さんが、じょうろで、花に水をかけていたら、ひなが、じょうろの雨だ〜って、よろこんで、だから、その時に、この歌を、いっしょに作って、歌ったじゃない。なつかしいわね」

お母さんは、にっこりわらっていいました。

「じょうろの雨って、わたしがいったの？」

ひなちゃんは、てれくさそうに聞きました。それから、

「ねえ、この花、なんていう名前なの？」

お母さんが、こんどは、さっきの歌を、ゆっくりと歌いました。

『ア』めがすき
『ジ』ょうろもすき
『サ』あ歌おう
『イ』っしょに歌おう♪」
「あっ、わかった。お花の名前は、ア・ジ・サ・イ。アジサイでしょ。思い出したよ。アジサイだあ」
ひなちゃんは、アジサイの絵を持って、くるりとその場を回りました。

次の日になりました。今日も、朝からいい天気です。

「行ってきます」

ひなちゃんは、ランドセルをせおって出かけます。アジサイの絵は、くるくるまいて輪《わ》ゴムでとめ、手に持っています。学校に行く前に、もう一度、アジサイを見に行きました。

また、アジサイの元気がありません。

「たいへん。アジサイさん、また、のどがからからからなんでしょ。たおれないでね。今、じょうろの雨をふらせてあげるからね」

ひなちゃんは、ランドセルと絵を地面において、じょうろを取りに行きました。そして、たっぷりと水をかけてあげました。すると、アジサイは、また、ぴんと立ちました。

「よかったね、アジサイさん」

ひなちゃんは、学校へ行こうとして、さっき地面においたランドセルと絵を持ちました。

「あ〜あ、ぬれちゃった。せっかく、かいたのに」

画用紙に、水がかかってしまいました。ひなちゃんは、がっかりして、絵を開いてみました。

「よかった。これでいい」

がっかりしたはずのひなちゃんが、こんどは、大よろこびです。じつは、画用紙が、水でぬれたところは、ちょうど、お花とアマガエルに、雨が当たったようになっていたのです。きのう、何か足りないと思ったのは、雨だったのです。

ひなちゃんは、アジサイの歌を歌いながら、学校へ行きました。そして、学校に着くと、すぐに、花子先生に絵を見せました。

「すてきな絵ですね。アジサイもアマガエルも楽しそうです」

花子先生に、たくさんほめてもらいました。

ろうかにはられたひなちゃんの絵は、アジサイがにこにこわらって、あの歌を歌っているようでした。雨が当たって、お花もアマガエルもきらきらかがやいていました。

◯◯たてって？

「よしくん、ごはんだよ」

今日は、パパが、家の仕事のお当番です。

「ごはん、たきたてだよ。のこさず食べるんだぞ」

「たきたて？」

よしくんの頭の中は、？です。

目の前にあるおちゃわんの白い山から、ゆげがホワンホワン立っています。

「あちちち」

口の中が、ハフハフします。

「やっぱり、たきたてはうまいな」

パパのおちゃわんの白い山は、あっという間に、なくなりました。

よしくんが、ごはんを食べおわると、

「いっしょに、しよう」

パパは、くつ下が入ったかごを、わたしました。

つぎは、せんたくものをほします。

「あらいたては、いいにおいがするな」

パパは、タオルをほしました。

「あらいたて？」

よしくんの頭の中は、？です。

目の前のかごの中にあるくつ下に、顔を近づけました。

「本当だ。お花みたい」

ほしたタオルの向こうには、お日さまが光っています。

お昼ごはんがおわると、

「そろそろ、パンを買いに行こう」

パパがいいました。

「うんっ」

二人で手をつないで、出かけました。

パン屋さんには、いろいろなパンがならんでいました。

「いいにおいだね」

よしくんがいうと、

「やきたてだからな」

パパが、うれしそうにいいました。

「やきたて？」

よしくんの頭の中は、？です。

目の前の、ねこの顔のパンが、にこっとわらいました。

家に帰るとちゅうで、おばあちゃんに会いました。

「ちょうどよかった。とどけようと思っていたの。作りたてよ」

「作りたて？」

よしくんの頭の中は、？です。

パパは、おばあちゃんから、ふくろをもらいました。

家に着いて、ふくろをあけると、草もちが、きれいにならんでいました。

「いいにおいだ。よもぎ、つみたてだな」

パパが、鼻をひくひくさせました。

「つみたて？」

よしくんの頭の中は、？です。

きれいな緑色のおもちを、二つ食べました。

夜になりました。よしくんは、ふとんに入って考えました。

「あれは、どういう意味だろう」

「たきたて？」

「あらいたて？」

「やきたて？」

「作りたて？」

「つみたて？」

よしくんの頭の中は、？です。


「たて？」

「たてって何？」

気になって、しかたがありません。

「ヨコとタテのたて？」

まくらを持って考えました。

「ちがうなあ」

「立てるってこと？」

こんどは、ねていたくまさんを立たせました。

「それも、ちがう」

「たてって、なんだろう？」

そのうちに、ねむってしまいました。


「ただいま。おそくなったわ」

ママが、帰ってきました。ママは、帰ると、すぐに、よしくんの部屋に行きます。

「もう、ねているのね。楽しいゆめを見るんだよ」

そういいながら、よしくんの頭をなでました。

よしくんは、本当に、ゆめを見ていました。ゆめの中で、三人は、ばんごはんを食べていました。

「ママ、よしくん、ゆでたてのパスタだよ」

パパが、テーブルの上に、お皿をならべました。

「やっぱりできたては、おいしいわ」

ママがいうと、

「だろ?」

パパが、うれしそうにいいました。

「ゆでたて?　できたて?」

よしくんの頭の中は、?です。

「ねえ、ゆでたてとかできたてとかの、『たて』ってなあに?」

ゆめの中で、よしくんは聞きました。すると、

「ゆでたばかり、できたばかりってことよ」

ママが教えてくれました。

「そうかあ。たてって、したばかりってことなんだね」

よしくんの頭の中の?は、なくなりました。

つぎの日の朝のことです。

今日は、ママが、家の仕事のお当番です。

ママは、フライパンから目玉やきを取って、よしくんのお皿に入れてくれました。

よしくんが、

「ママ、やきたてだね、この目玉やき」

すました顔で、いいました。

「すごいね。むずかしい言葉知っているね」

ママは、びっくりしました。

「さては、おぼえたての言葉だな」

パパは、ニヤリとしました。

「うん、おぼえたて」

よしくんは、二人の顔を見てから、じまんするようにいいました。

星に話をするおばあさん

ここは、山のてっぺんです。空に手がとどきそうな、そんな場所に、おばあさんの小さな家があります。外には、古いゆりいすが一つ、ぽつんとおいてあります。

「さて、今夜も始めようかね」

ちょうど、一番星が、出てきました。おばあさんは、ゆりいすにすわり、二、三回ゆらしてから、話を始めました。

「お花畑には、赤や白や黄色のチューリップがさいています」

おばあさんは、空に向かって、話をしています。話を聞いているのは、星たちでした。

星たちは、おばあさんの話が大すきでした。それは、星たちが、見たことがない昼間の話でした。昼間は、月や星の代わりに「太陽」が出ていること、ものには色があること、どれもこれも、知らないことばかりです。星たちは、おばあさんの話を聞いて、その様子を想像《そうぞう》すると、ワクワクするのでした。

今から、六十年も前のこと。そのころのおばあさんは、まだ、お姉《ねえ》さんでした。

お姉さんのおばあさんは、その日も、山へ登ってきて、空を見あげていました。昔から、星を見るのが大すきだったのです。

「あれ？」

そこに光っているはずの、小さな星が見えません。お姉さんは、心配になって、いてもたってもいられません。

「星く〜ん、どうしたの〜？　何かあったの〜？」

つい、空に向かって、大きな声で話しかけました。

すると、小さな星が、とつぜん、光りはじめました。

「お姉さんの声を聞いたら、目がさめたよ」

かわいい声が返ってきました。

「あなたは、小さな星なの？」

「そう。ぼく、今、いねむりをしていたみたい」

「なんだ、ねていたの？　星って、ねていると、光らないってこと？」

「そうなんだ。これは、星たちのひみつだから、だれにもいわないでね」

「うん、いわないよ」

二人は、やくそくをしました。

「うふふ。それにしても、星がいねむりだなんて」

お姉さんは、小さな声でわらいました。そんなお姉さんを見て、小さな星も、わらいました。

すると、どうでしょう。今度は、小さな星が、キラキラ光りました。

「ねえ、君がわらったら、キラキラ光ったよ」

「そうなんだ。これも星たちのひみつ。星は、わらうとキラキラ光るんだ」

「じゃあ、星がキラキラ光っている夜は、星たちが起きていて、わらっているってこと？」

「うん、そういうことになるね」

小さな星が、えらそうにいいました。

「そうだ、お姉さん。これからは、毎日、ぼくに、お話をしてよ。じゃないと、ぼく、すぐに、ねむくなっちゃうんだ」

小さな星が、はずかしそうにいいました。

「お話ね。いいわ、してあげる」

それから、お姉さんは、星がよく見える山のてっぺんに、一人で、ひっこしてきました。山のてっぺんの小さな家に住み、外に、新品《しんぴん》のゆりいすをおき、そこにすわって、小さな星に、話をするようになったのです。

「雨が上がって、にじが出ました。空にかかる橋のようでした」

お姉さんが、最初《さいしょ》に聞かせてくれたのは、「にじ」の話でした。小さな星は、にじに、いろいろな色があることを、知りません。でも、お姉さんの話を聞いて、空にうかびあがる色がついた橋を想像すると、ワクワクしてきました。いつのまにか、にこにこわらっていました。

「あの星、いつもよりキラキラ光っているね」

その夜、空を見あげて、小さな星を見つけた人たちは、だれもが、そう思いました。

それからというもの、小さな星は、いねむりをしなくなりました。

お姉さんの話は、小さな星だけでなく、夜空の星たちみんなが、聞くようになりました。

「今日は、どんなお話かな?」

「早く、ゆりいすにすわらないかな?」

星たちは、暗くなりはじめると、そんな話をしながら、待ちました。

お姉さんは、そうやって、晴れている日は、ゆりいすにすわって、星たちに話をしてきました。

気がつくと、六十年もたってしまいました。お姉さんは、すっかり、おばあさんになってしまいました。

小さな星は、相《あい》かわらず小さいままですが、少し、お兄《にい》さんになりました。

そして、おばあさんの話を、いつも、一番近くで聞いています。

おばあさんの話は、ますますおもしろくなり、今まで来なかった遠くの星まで、話を聞きにくるようになりました。

ある日のことです。

「もっと、向こうへ行ってよ」

「話が、よく聞こえないだろ」

星と星がけんかを始めました。星がけんかをすると、雲がおこって出てきます。そうすると、星が見えなくなります。

「これはこまった、大変《たいへん》だ」

おばあさんは、雲が出てくる前に、けんかを止めようと、いつもより大きな声を出して、たくさんの話をしました。

「アジサイがさきました。そのとなりで、カエルがおどっています」

「秋になると、葉っぱが赤くなったり黄色くなったり、まるで、まほうをかけたようです」

星たちは、花やカエルや葉っぱを見たことがありませんが、おばあさんの話を聞いて、そのすがたを想像しました。そのうちに、いつのまにか、けんかをやめました。


次の日のことです。おばあさんは、きのう、いつもより大きな声で、たくさん話をしたせいか、とてもつかれていました。夕方になって、

「今夜は、何を話そうかねえ」

考えていたら、コックンコックンねてしまいました。もう、一番星が出たというのに、ちっとも起きません。

とうとう、夜の十時になってしまいました。

「何があったんだ」

「さっきまで、星が光っていたのに、空が、真っ暗だ」

「雨もふっていないのに、星が出ないなんて」

町では、空を見ていた人が、さわぎ出しました。

「よし、見にいこう」

ふだんは、だれも来ない山に、たくさんの人が、登ってきました。

「いったい、どうなっているんだ」

「空から、星が消えてしまうのか？」

みんなの声が、山の中にひびきわたります。

おばあさんは、たくさんの人の声を聞いて、ようやく目をさましました。

「しまった、ねぼうした」

あわてて、外へ飛びだしました。

見あげると、空は、真っ暗でした。それもそのはず、どの星も、みんな、すやすやとねむっています。

おばあさんは、さっそく、空に向かって、話を始めました。さわいでいた人たちも、おばあさんの話を聞いています。

「むかし、むかし、星のおばあさんとおじいさんがいました。ある日、人間が道にまよったのを見て、おばあさんがおじいさんをくすぐりました。おじいさんは、大きな声でわらい出しました。それで、おじいさんの星はキラキラかがやき、道が、ピカピカにてらされて、人間は、ぶじに帰ることができました」

おばあさんの話を聞いて、星たちは、つぎつぎに目をさましました。真っ暗だった空が、星でいっぱいになりました。

「今日の話は、昼間の話じゃないんだね」

「ぼくたち星の話だね」

「たまにはいいね」

「おもしろい」

星たちは、そんなことをいいながら、ニコニコして、話を聞いていました。どの星も、キラキラ光っています。

ところが、山に登ってきた人たちは、

「なんだか、ねむくなってきた」

「早く帰って、ねよう」

「帰ろう、帰ろう」

つぎつぎに、山を下りていきました。どうやら、人間は、おばあさんの話を聞くと、ねむくなるようです。


今夜も、空には、たくさんの星が出ています。小さな星も大きな星も、空一面にあって、数えきれません。

「あっ、キラキラした」

そんな時は、きっと、おばあさんが、山のてっぺんで、あのゆりいすにすわって、おもしろい話をしているのでしょうね。

なみだが、ぽろり

ぼくは、小学一年生。
名前は、けんた。
パパとママと、さいきん生まれた弟のみっくんと、四人家族なんだ。

カレーを作る、おてつだいをした。
皮をむく道具で
じゃがいもの皮をむいた。
でこぼこしていて、むずかしかった。

そのあと、たまねぎの皮をむいた。

指先で、皮をつまむと、スルッとむけた。

かんたん、かんたん。

あれえ、たまねぎの皮をむくと、なみだが、ぽろり。なぜだか、ぽろり。


弟が、ハイハイを始めた。

ぼくが遊んでいると、すぐに、じゃまをする。

「ごめんね、お兄ちゃん」

ママが、代わりにあやまるけれど、みっくんは、あやまらない。

みっくんが、ぼくのカードをやぶったから、ちょっとだけ、たたいた。

ほんとに、ちょっとだけだよ。

それなのに、

「お兄ちゃんのくせに、何をしているの」

ママが、すごくおこった。
あれえ、なみだが、ぽろり。くやしくて、ぽろり。

夏休み、おじいちゃんと、山に登った。
登っていくと、
とちゅうに大きな池があった。
手を入れたら、びっくり。
しんぞうが、止まりそうなくらい、つめたかった。
おじいちゃんは、
「昔は、ここで、スイカをひやしたんだよ」
そんなことを教えてくれた。

おじいちゃんが、亡《な》くなったって、電話があった。
「また、遊びにいくね」

そういって、バイバイしたのに。
あれえ、なみだが、ぽろり。悲しくて、ぽろり。

「今日は、六時まで、仕事なの。そのあと、みっくんのおむかえだから、おそくなるよ。夜まで、けんた一人だからね。おなかがすいたら、そこにあるパン、食べててね」
パパもママも、夜まで帰ってこないんだって。

学校から帰って、
一人で、おやつを食べた。
ゲームもした。
宿題もした。
外は、真っ暗になったのに、だれもいない。
あれえ、なみだが、ぽろり。さびしくて、ぽろり。

「こっちへおいで」

みっくんが、お昼ねをしたら、いつもママがいう。

「ありがとう、けんた」

そういって、ぼくを、ぎゅっとする。

あれえ、なみだが、ぽろり。ママが大すきで、ぽろり。


「二人、ピー」

先生の笛が、鳴った。

みんな二人組《ふたりぐみ》になって、体育すわり。

「けんたくんは、先生といっしょかな」

ぼくは、先生と二人組。

遠足のお弁当《べんとう》タイム。
あれえ、みんな、どこへ行ったの？
ぼく、一人ぼっちで、食べるのかなあ。
「けんたくん、こっちだよ」
りきくんが、手をふっている。
あれえ、なみだが、ぽろり。うれしくて、ぽろり。

一年生のさいごの日。
先生が、ほかの学校へ、行くんだって。
先生は、ぼくがこまっていると、いつも助けてくれた。
先生、大すき。
もう、先生に会えない。
あれえ、なみだが、ぽろり。おわかれで、ぽろり。

ぼくは、小学二年生になった。

一年生の時は、大すきだった算数が、大きらいになった。

九九が、いやだ。

だって、

「けんた、シチロクは？」

ごはんを食べていても、ママが聞く。

「けんた、ハチロクは？」

おふろの中でも、パパが聞く。


もうやめてよ。

あれえ、なみだが、ぽろり。いやになって、ぽろり。

図書室で、本をかりた。
小さな魚たちは、大きな魚にやられてばかり。
ある時、
小さな魚たちが、力を合わせて、
大きな魚になるんだ。
そして、
大きくなった魚が、
いじわるな大きな魚を、やっつけた。
小さくても、力を合わせると、大きな力が出るんだね。

みんなで、よくがんばったね。
あれえ、なみだが、ぽろり。ドキドキワクワクして、ぽろり。

かぜをひいて、学校を休んでいた。

ひさしぶりの登校。

こういうのって、なんか、きんちょうする。


「おはよう、元気になった？」

りきくんが、ぼくのかたを、ポンとたたいた。

あれえ、なみだが、ぽろり。ほっとして、ぽろり。

給食の時間、
ぼくが、もりつけの係なのに、まさおくんが、している。

「おまえが、おそいからだぞ」

まさおくんは、そういったまま、代わってくれない。

だれも、何もいわない。


昼休み、ドッジボールをした。

まさおくんが、ぼくに、わざとボールをたくさん当てた。

先生にいうと、

「そんなことないよ。みんなに、当てたよ」

「そうだよ、そうだよ」

まわりにいた子たちが、いう。


ぼくは、下を向いた。

しっかり者のコハルちゃんが、

「まさおくんは、わざと、けんたくんに、当てていました」

「ぼくも、見ました」

かいりくんも、いってくれた。

あれえ、なみだが、ぽろり。ありがとうで、ぽろり。


ぼくは、さか上がりが、できない。

てつぼうをにぎって、なん度も、地面をける。

「てつぼうに、へそをくっつけろ」

いつのまにか、まさおくんがいた。

「ようし、もう一度」

思いっきり、足を上げた。

ぼくの足が、てつぼうの向こうがわにいった。

からだが、一回転《いっかいてん》した。

「やったあ」


まさおくんが、わらった。

ぼくも、わらった。

あれえ、なみだが、ぽろり。友だちが助けてくれて、ぽろり。


ぼくは、中学生になった。

いろいろ考えることが、多い。


なみだは、なぜ、しょっぱいんだろう？

なみだと海の水は、どっちがしょっぱいんだろう？

なみだって、わからないことだらけだ。


「はっくしょん」

かぜをひいたかな。

あれえ、なみだが、ぽろり。鼻水といっしょに、ぽろり。

ぼくは、高校生になった。
わからないことを、
わかるようになりたい。

なみだって、なぜ、出てくるんだろう？

動物も、なみだが出るのかな？

なみだって、ふしぎなことだらけだ。


「なんでだろう？」

考えていたら、ねむくなった。

あれえ、なみだが、ぽろり。あくびといっしょに、ぽろり。

ぼくは、大人になった。
だれかのやくに立てる、
そんな人になりたい。

ニュースで、
ぎゃくたいされている、子どもを見た。

食べるものがなくて、こまっている人を見た。
あれえ、なみだが、ぽろり。心がつらくて、ぽろり。

ぼくは、たくさん勉強をした。
朝早くから、夜おそくまで、
毎日、本とにらめっこ。

そして、
「なみだの研究者」になった。
あれえ、なみだが、ぽろり。ゆめがかなって、ぽろり。

「なみだの研究者」になって、わかったこと、
たくさん、たくさんある。

たまねぎの皮をむくと、
どうして、なみだが、出るのかってこと。
なみだは、どうして、しょっぱいのかってこと。

それから、
なみだより、海の水のほうが、しょっぱいってこと。

それから、それから、
うれしいなみだと、悲しいなみだの、
味がちがうってこと。

それから、それから、それからね、
だれかのために、

なみだがこぼれるのは、
人間だけだって、こともね。

ちょうどそこに

せまい道のすぐ横に、小川《おがわ》が流れています。遠くには、高い山が見えます。その道のすみっこに、一つだけ、スミレがさいていました。でも、元気がありません。しおれて、今にもたおれそうです。

ちょうどそこに、学校帰りの男の子が、通りかかりました。

「はいどうぞ」

男の子は、持っていた水とうの水を、スミレにかけてあげました。すると、少し元気になったように見えました。

「たった一つだけではさみしいね。ここに、たくさんのスミレがさいたらいいのにね」

男の子は、スミレに話しかけました。

ちょうどそこに、買い物に行くとちゅうのおばあさんが、通りかかりました。おばあさんは、男の子が、スミレにしてあげたことを見ていました。

「やさしいね」

男の子に、大きなはくしゅを送りました。

「ありがとう。はくしゅのお礼です」

男の子は、ランドセルの中から本を出し、声に出して読みました。おばあさんは、しんけんな顔で、さいごまで聞きました。そして、

「わたしも、読んでみたい」

男の子に本をかりて、落ち着いたやさしい声で、読みはじめました。

ちょうどそこに、さんぽをしていたおじいさんが、通りかかりました。おじいさんは、歩くのをやめて、おばあさんが、本を読むのを聞いていました。

「いい話だねえ」

おばあさんの話がおわると、大きなはくしゅを送りました。

「ありがとう。はくしゅのお礼ですよ」

おばあさんは、ズボンのポケットから、毛糸のわっかを出して、あやとりを始めました。手の中で、ほうき、カエル、朝顔と、いろいろな形にかわります。

おじいさんは、なつかしそうに見ていました。そして、

「わしも、久しぶりに、やってみたい」

おばあさんに毛糸をかりて、あやとりを始めました。ゴムひも、タワー、お寺のつりがね、おじいさんの手の中で、いろいろな形ができました。

ちょうどそこに、ネクタイをした男の人が、通りかかりました。男の人は、つぎつぎに形がかわる毛糸を、目を丸くして見ていました。

「すごいですね」

あやとりがおわると、大きなはくしゅを送りました。

「ありがとう。はくしゅのお礼だよ」

おじいさんは、足もとの葉っぱを取って、草笛を作りました。ちぎったりこすったりしてから、口に当てました。

「ブイーン、ブイーン」

やさしい音が、ひびきました。男の人は、おじいさんの様子を、じっと見ていました。そして、

「ぼくも、やってみたいです」

おじいさんのように、草笛を作ってみました。

「ブイーン、ブイーン」

やっぱり、やさしい音が鳴りました。


ちょうどそこに、じゅくへ行くとちゅうの女の子が、通りかかりました。

女の子は、草笛に合わせて、スキップをしました。そして、

「なんていい音なの」

男の人のえんそうがおわると、大きなはくしゅを送りました。

「ありがとう。はくしゅのお礼だよ」

男の人は、むねのポケットから、万年筆《まんねんひつ》を取り出し、絵をかきはじめました。

白いメモちょうに、黒いインクでかいたスミレの絵なのに、本物のスミレのようでした。

女の子は、両手をほおに当てて、かわいい声でいいました。

「いいこと考えた」

女の子は、手さげかばんから、色えんぴつを取り出し、スミレの絵に、色をぬりはじめました。色をぬったスミレが、あんまりかわいいので、男の人は、もっと、たくさんのスミレをかきました。女の子は、その絵に、どんどん色をぬっていきます。

ちょうどそこに、部活《ぶかつ》の高校生が走ってきました。

「ファイト、ファイト」

せなかに、バスケットボールがかかれたジャージを着ています。

「何、これ」

高校生たちは走るのをやめて、道を指さしています。

スミレの絵が、道の両がわに、ずらっとならんでいるのです。


ちょうど、その時です。

「カチッ」

男の人が、万年筆のふたをしめました。

「カチャッ」

女の子が、色えんぴつケースのふたをしめました。

すると、どうでしょう。その音が合図になり、またたく間に、スミレの絵が、本物のスミレの花にかわっていきました。小さな道の両がわに、スミレが、ずらっとならんでさきました。それを見ていた高校生たちは、

「パチパチパチパチパチパチパチパチ……」

男の人と女の子に、大きなはくしゅを送りました。


高校生たちのはくしゅの音が、町中にひびきわたり、たくさんの人たちが集まってきました。学校帰りの男の子も、買い物へ行くとちゅうのおばあさんも、さんぽをしていたおじいさんも、スミレの絵をかいた、ネクタイをした男の人も、絵に色をぬった、じゅくへ行くとちゅうの女の子もいます。

集まってきた人は、道の両がわにさく、たくさんのスミレを見ると、

「きれいだね」

「かわいいね」

「すてきだね」

「パチパチパチパチパチパチパチパチ……」

みんな、大きなはくしゅを送りました。

学校帰りの男の子、買い物へ行くとちゅうのおばあさん、さんぽをしていたおじいさん、スミレの絵をかいた、ネクタイをした男の人、絵に色をぬった、じゅくへ行くとちゅうの女の子は、

「パチパチパチパチパチパチパチパチパチパチ……」

集まってきた人たちにも、大きなはくしゅを送りました。


ここは「スミレ通り」です。道の両がわに、スミレが、どこまでもならんでさいています。どの花も、花びらをゆらして、楽しそうです。この道を通ると、なんだか、うれしくなります。

たくさんのスミレの中に、あのスミレがいました。

「あのスミレ？」

そうです。男の子が水とうの水をかけてあげた、あのスミレの花です。

「みなさんのおかげで、たくさんのなかまが、できました」

あのスミレは、そういっているように見えました。

三つの島の三つの国

海の中に、三つの島がありました。真ん中に大きい島、その右と左に、中くらいの島と小さい島です。

三つの島は、それぞれが、一つの国でした。だから、それぞれに、王様がいます。

島と島の間には、一人しか通れない小さな橋が、かけてあります。その橋を通ると、真ん中の大きな島へ行けます。でも、それぞれの国の王様以外は、その橋をわたることはできません。だから、それぞれの国の人たちは、ほかの国のことをよく知りませんでした。

国の名前は、大きい島が「大《だい》の国」、中くらいの島が「中《ちゅう》の国」、小さい島が「小《しょう》の国」でした。

大の国の王様のダイ王は、おしゃべりが大すきです。ですから、午前に一回、午後に一回、おしゃべりをするために、国じゅうの人たちを、集めます。国じゅうの人たちも、おしゃべりが大すきでしたので、集まると、すぐに、わいわいがやがや、おしゃべりを始めます。

「ねえ、知ってる？　わらうことは、けんこうにいいらしいわよ」

「これからもたくさんおしゃべりして、わらいましょうよ。アハハハハ」

そんな感じです。

中の国の王様のチュー王は、運動が大すきです。ですから、午前に一回、午後に一回、運動をするために、国じゅうの人たちを、集めます。国じゅうの人たちも、運動が大すきでしたので、集まると、すぐに運動を始めます。

向こうにある鉄ぼうで、ぐるぐる回っている人がいます。ようく見ると、おじいさんのようです。こちらでは、歩きはじめたばかりの赤ちゃんが、もう、さか立ちをしています。

そんな感じです。

小の国の王様のショー王は、歌うことが大すきです。ですから、午前に一回、午後に一回、歌を歌うために、国じゅうの人たちを、集めます。国じゅうの人たちも、歌うことが大すきでしたので、集まると、すぐに歌いはじめます。

「アアアアア〜」

「ラララララ〜ルルルルル〜」

あちらこちらから、高い声や低い声がひびいています。

そんな感じです。

チュー王とショー王は、毎ばん、橋をわたって大の国にやってきます。そして、三人は、会議《かいぎ》をします。

会議の時は、ダイ王は、会議に関係《かんけい》のないおしゃべりばかり。チュー王は、体を動かしてばかり。ショー王は、鼻歌を歌ってばかりいます。おたがいに、ぜんぜん話を聞いていません。それでも、

「今日も、すばらしい会議だった」

そういって、会議がおわります。


ある日のこと。雨がざんざかふりつづき、三つの島が、海にしずみそうになりました。

はじめにしずみそうになった、小の国のショー王は、

「このままでは、わが国がほろびてしまう。どうしたらいいんだ」

頭をかかえてしまいました。すると、集まった人たちは、歌を歌いはじめました。ショー王は、歌っている人たちを見ていいました。

「これからは、歌は禁止《きんし》だ。歌っていても、いいことなんてない」

あれほど、歌が大すきなショー王が、そんなことをいうので、みんなは、おどろきました。

その後すぐに、雨は、だんだんこぶりになり、小の国は、海に、しずまずにすみました。

同じように、雨がふりつづいた中の国は、なんとかしずまなくてもすみましたが、山がくずれそうになりました。

中の国のチュー王は

「このままではわが国がほろびてしまう。どうしたらいいんだ」

頭をかかえてしまいました。すると、集まった人たちは、運動を始めました。

チュー王は、運動をしている人たちを見ていいました。

「これからは、運動は禁止だ。運動しても、いいことなんてない」

あれほど、運動が大すきなチュー王が、そんなことをいうので、みんなは、おどろきました。

その後すぐに、雨は、だんだんこぶりになり、中の国の山は、くずれずにすみました。

同じように雨がふりつづいた大の国は、しずまなくてもすみましたが、道路に水がたまって、このままでは、外へ出られなくなりそうです。

大の国のダイ王は

「このままではわが国がほろびてしまう。どうしたらいいんだ」

頭をかかえてしまいました。すると、集まった人たちは、ああでもないこうでもないと、好《す》き勝手《かって》に、おしゃべりをはじめました。

ダイ王は、おしゃべりをしている人たちを見て、いいました。

「これからは、おしゃべりは禁止だ。おしゃべりしても、いいことなんてない」

あれほどおしゃべりが大すきなダイ王が、そんなことをいうので、みんなは、おどろきました。

その後すぐに、雨は、だんだんこぶりになり、大の国は、水びたしにならずにすみました。

それからというもの、三つの国は、国じゅうの人たちが、集まることがなくなりました。

大の国の人たちは、
「あら、こんにちは……。またね」
おしゃべりをしようとしては、やめてしまう人がふえ、いつのまにか、だれも、おしゃべりをしなくなりました。みんな、さみしそうでした。

中の国の人たちは、今までは、外に出ると、だれかが、体を動かしていたのに、だれも運動をしなくなりました。みんな、つまらなそうでした。

小の国の人たちは、あちらこちらから聞こえていた発声練習も、歌も、何も聞こえなくなりました。みんな、悲しそうでした。

ある日のこと。風がびゅわんびゅわんと強くなり、三つの島が、ふきとばされそうになりました。

それぞれの王様は、こまりました。こまりはてて、国じゅうの人をお城に集めました。

大の国のダイ王は、

「今度こそ、この国がふきとばされそうだ。どうしたらいいんだ。みんな助けてくれ」

といいました。でも、だれも、何もいいません。

「おねがいだ。この国を助けてくれ」

もう一度、いいました。すると
「おしゃべりをしても、いいですか？」

という声が聞こえました。ダイ王は
「もちろんじゃ。おしゃべり禁止は、もうやめだ。みんなで、この国を助けてくれ」

あちらこちらから、声が聞こえてきました。みんな、大の国のことを考え、いっしょうけんめいに話しています。ああでもないこうでもないと、話がまとまらない時には、だれかが、話をまとめてくれました。話し合って、考えを出し合いました。

そして、みんなで大きなうちわを作って、風をふきとばすことにしました。

みんなで力を合わせて、大の国を守りました。

中の国のチュー王は、

「今度こそ、この国がふきとばされそうだ。どうしたらいいんだ。みんな助けてくれ」

といいました。でも、だれも、何もいいません。

「おねがいだ。この国を助けてくれ」

もう一度、いいました。すると
「運動をしてもいいですか?」

という声が聞こえました。チュー王は
「もちろんじゃ。運動禁止は、もうやめだ。みんなで、この国を助けてくれ」

あちらこちらで、じゅんび体そうが、始まりました。ふだんから、体をきたえているので、みんな力持ちです。風でふきとばされそうなところに、重いすなのふくろを、みんなで手わけをして、あっという間に運びました。みんなで、力を合わせて、中の国を守りました。

小の国のショー王は、

「今度こそ、この国がふきとばされそうだ。どうしたらいいんだ。みんな助けてくれ」

といいました。でも、だれも、何もいいません。

「おねがいだ。この国を助けてくれ」

もう一度、いいました。すると
「歌ってもいいですか？」

という声が聞こえました。ショー王は、

「歌が、なんの役に立つのだ？」

と聞きました。すると
「歌を歌って、となりの国から、助けをよぶのです」

ショー王は、

「それなら、やってみよう。歌を禁止するのは、もうやめだ。みんなで、この国を助けてくれ」

小の国の人たちは、大きな声で、歌いました。気持ちがこもった歌声が、風に乗り、大の国に、とどきました。

「小の国が大変だ。助けにいこう」

中の国にも、歌声が、とどきました。

「小の国が大変だ。助けにいこう」

たくさんの人が、順番《じゅんばん》に橋をわたって、小の国にやってきました。


三つの国の人たちは、大きなうちわを使って風をふきとばしました。それでも、とばされそうなところは、重いすなのふくろを、つみました。そうやって、みんなで力を合わせて、小の国を守りました。

そのうちに風がやみ、西の空が真っ赤になりました。小の国の小さな山に、太陽がしずむところです。

それをながめながら、小の国の人たちが、歌いはじめました。夕日と同じように、きれいな歌声でした。大の国の人たちも、中の国の人たちも、いっしょに歌いました。

そのあと、すなのふくろを、みんなで、かたづけました。おわったら、たくさんおしゃべりをしました。三つの国の人たちは、みんな、なかよくなりました。

三つの国では、午前に一回、午後に一回、国じゅうの人が集まって、おしゃべりをしたり、運動をしたり、歌ったり、いろいろなことをするようになりました。みんな、その日の気分で、いろいろなことをして楽しんでいます。

そして、時々、あの小さな橋をわたって、それぞれの国にも行けるようになったので、よその国に、友だちができました。

王様の会議は、月に一回になりました。チュー王とショー王は、月に一回、橋をわたって大の国にやってきます。

会議を始める時には、三人で歌を歌い、会議中は、三人で、大事なことをたくさん話し合い、さいごには、三人で運動をするようになりました。

かわらないことは、

「今日も、すばらしい会議だった」

毎月そういって、会議がおわることです。

ゆびわをしたいネコ

ミーは、まだ、子どものネコです。

「この子が、いい」

三カ月前、小学三年生のいおくんが、ペット屋さんの小さなかごに入っていた、生まれたばかりのミーを、見つけてくれました。

この家に来た時から、ミーのお部屋は、ふかふかのピンクの毛布《もうふ》がしいてあるバスケットの中です。

いおくんの家は、パパとママといおくんとミーの四人家族。パパが会社、いおくんが小学校へ行き、ママとミーが、家にいます。

といっても、ママは、フラダンスの練習とか、お茶のおけいことか、よく、おでかけをします。そんな時ミーは、一人で、いや一ぴきで、おるすばんをします。最初《さいしょ》は、さびしくて、ママが帰ってくるまで、ずっと、げんかんに、すわって待っていました。

今では、おるすばんにもなれて、だれもいない家の中を、たんけんできるようになりました。たんけんすると、いろいろなものを見つけます。この前は、大すきなおやつを見つけました。でも、ふくろに入っていたので、食べることは、できませんでした。

今日も、パパは会社、いおくんは小学校です。家にいるのは、ママとミーだけです。ミーは、バスケットの中から、ママを見ていました。

「あれ、何?」

ママの手に、キラリと光るものを見つけました。さっそく、入っていたバスケットをとびだし、ママのところへ行って、スリッパに顔をつけました。

「ニャーン」

そうすると、みんな、ミーをだっこしてくれるのです。

「ごめんね、ミー。今日も、おでかけなのよ」

ママはそういいながら、ちょっとだけ、ミーをだっこしてくれました。目の前にあるママの指には、キラッとした丸いわっかが、はまっています。よく見ると、わっかの上にも、キラキラしたものが、のっています。

「さっき、光ったのは、これね」

ミーは、ペロリとなめてみました。

「だめよ、ゆびわをなめちゃ。ちゃんと、おるすばんしていてね」

ママは、そういうと、バスケットの中に、ミーを入れて、出かけてしまいました。

ミーは、バスケットの中で、

「あれは、ゆびわっていうんだ。きれいだったなあ。いいなあ。わたしも、したいな」

しばらく、ゆびわのことを、考えていました。

家には、だれもいません。ミーは、するりと、バスケットから出てきました。

「さて、何をしようかなあ。この前、見つけたおやつのふくろにかみついて、ふくろをあけてみようかしら。それとも、ほかに、何が見つかるかしら。そうだ、あれがあるかもしれない」

ミーは、ゆびわをさがすことにしました。


ミーが、最初に行ったのは、げんかんです。げんかんのげた箱のところには、ハンコやら花びんやら、いろいろなものがおいてあります。

「あった。これこれ」

見つけたのは、パパのキーホルダーです。丸いわっかに、かぎが、いくつもついています。

「よし、丸くてキラキラしている」

ドキドキしながら、指に、はめてみました。

「だめだあ」

かぎがたくさんついているので、重すぎて、持ちあげることもできません。

「私のゆびわに、できないわ」

ミーは、気を取りなおして、ろうかへ行きました。

「この前は、ここに、おやつがあったのよね」

でも、今日は、おやつは見つかりません。ろうかには、バランスボールやダンボール箱やら、大きなものばかり、おいてあります。

「あった。これこれ」

見つけたのは、バランスボールの下に落ちていた、輪《わ》ゴムです。

「丸いけど、あんまり光らない」

それでも、指にはめてみました。

「だめだあ」

軽くて、ちょうどよかったのですが、わっかが大きすぎて、ミーには、ぶかぶかでした。輪ゴムをしたまま、指をくるくる回すと、どこかへ、とんでいってしまいました。

「私のゆびわに、できないわ」

ミーは、気を取りなおして、リビングへ行きました。リビングには、ソファやテレビがあります。

「あった。これこれ」

見つけたのは、テレビの横においてあった五円玉です。真ん中には、小さなあながあいています。

「ちょうどいいかも。それに、少し光ってる。よし、今度こそ」

ワクワクしながら、指に、はめてみました。

「あれ、入らない」

どんなに、ぎゅうぎゅう指をおしこんでも、あなが小さすぎて、ミーの指に入りません。

「私のゆびわに、できないわ」

ミーはがっかりして、バスケットの中にもぐりこみました。

「ただいま」

いおくんが、学校から帰ってきました。

「おいで」

いおくんがいっても、ミーは知らんぷりです。いつもなら、いっしょに遊ぶのですが、今日はバスケットの中から、動きたくありません。

「ただいま」

今度は、ママが帰ってきました。ミーは、すばやくバスケットから出て、

「ニャーン」

ママの足元に、行きました。

「あれ、さっきまでねていたのに」

いおくんは、びっくりしています。

ママは、ミーをだっこしてくれました。目の前に、ゆびわが、キラッと光っています。

「いいなあ、いいなあ」

ミーは、ますます、ゆびわがしたくなりました。

ママが、ごはんのしたくを始めました。ミーは、ママのそばからはなれません。

「今夜は、おなべにしようかな」

ママは、白菜《はくさい》を切っています。次は、ねぎです。大きなお皿に、切った野菜をならべています。

「そうそう、ちくわも入れましょう。あれ？」

ミーの目の前に、白と茶色がまだらになった、丸いわっかが落ちてきました。

「あら、これは、何かしら？　もしかすると……」

ミーの目が、まん丸になりました。そして、それを取って、そうっと指にはめてみました。

「ぴったり。それに、なんて、いいにおい」

ミーは、ゆびわに鼻を近づけて、くんくんしています。

「でも、キラキラしない」

ミーは、少しがっかりしましたが、うれしそうです。

「ただいま」

今度は、パパが帰ってきました。いつもは、まっ先にげんかんへ行くミーでしたが、今日は、ママのそばから、動きません。

「ごはんよ～」

家ぞくみんなが、そろいました。ママが、なべのふたをあけると、もくもくしたゆげが、部屋じゅうに広がります。

「おいしそう」

「ミー、食べるか」

パパが聞いても、ミーは、ママの足元にすわったまま、知らん顔です。

「いったい、どうしたんだ？　いつもとちがうなあ」

パパが、心配そうにいいました。

「ぼくが、学校から帰ってきてから、ずっとこうなんだ。病気かな？」

「それにね、今日は、私のそばから、はなれないのよ」

「しばらく、様子を見よう。じゃあ、いただきます」

「あっ、待って。このおなべには、これよ」

ママが、冷蔵庫《れいぞうこ》からイクラを出しました。

「やったー」

いおくんは、イクラが大すきです。さっそく、お皿に、赤いつぶをのせています。

「そんなに入れたら、こぼれるわよ」

ママがいったように、イクラが、なんつぶか、落ちてしまいました。


ミーの目の前に、赤くてちょっとすきとおった、キラッと光るものが、落ちてきました。

「あら、これは、何かしら？　もしかすると……」

ミーの目が、また、まん丸になりました。それから、赤いつぶを取って、指に、はまっているわっかの上に、そうっとのせました。ママのゆびわのようになりました。

「キラキラして、きれい。それに、とってもいいにおい。なんてすてきなゆびわなの」

ママの足元で、ミーは、うっとりして、自分のゆびわをながめていました。

それから、

「ニャーン」

ママに、ゆびわを見せました。

「ミー、おなかが、すいたのね」

ママは、ゆびわに気づいてくれません。

「元気になったか？」

いおくんは、せなかをなでてくれました。やっぱり、ゆびわに、気づいてくれません。

ミーは、パパのところへ行きました。

「ニャーン」

パパのスリッパに、顔をつけました。パパは、ミーをだっこしました。

「なんだ、これは。ミーの指に、ちくわが、はまっているぞ。おまけに、イクラまで。これじゃあ、まるで、ゆびわをしているみたいじゃないか」

パパは、こうふんじょうたいです。

「どれどれ」

ママもいおくんも、ミーのゆびわを見にきました。

「すごい、すごい」

「ゆびわだ、ゆびわだ」

三人とも、おどろいているのかよろこんでいるのか、もう、大さわぎです。

「ニャーン」

びっくりしているみんなに向かって、ミーは、指を開いて、にっこりしました。

手で丸を作ったら

かたほうの手
出してみて
かるくにぎって
丸を、作ってね
丸の中、
そうっと、のぞいてごらん

おうちの中、
何か、見えるかな？

リモコン
パソコン
テレビも見える

みんな、手の丸の中

あれえ
急に、まっくら
何も、見えない

ていでん？

手で丸を作ったら

あなの中？
夜になった？

なんだ、ママか
手の丸が、
ママの黒いズボンにペタン

つぎは、
お外を見てごらん
何か、見えるかな？

青い空
白い雲
山が見える

木が、見える
葉っぱが、見える
風にふかれて、
ゆらゆらゆら

みんな、手の丸の中

今度は、
両手を出してみて

さっきのように
かるくにぎって
丸を二つ、作ってね

それから、
右手と左手の丸
二つをくっつけて、
メガネを作ってね

メガネの丸の中、
そうっと、のぞいてごらん
おうちの中、
何か、見えるかな？

本箱
ソファ
ベッドも見える
みんな、メガネの丸の中

つぎは、
お外を見てごらん
何か、見えるかな？

鳥だ
となりの家の、屋根の上
何か動いている
ひこうきだ
ひこうきが、とんでいる

さっきは、
そんなに見えなかったのに、
今は、
たくさん見える

メガネの丸は、
よく見える

ようし、
今度も、
両手を出して、

さっきのように
かるくにぎって
丸を二つ、作ってね

それから、
それから、

右手と左手の丸、
たてにつなげて、
望遠鏡《ぼうえんきょう》を作ってね

望遠鏡の丸の中、
そうっと、のぞいてごらん

何か、見えるかな？

あれ？
なんで？
どうして？

丸のなかみ、

小さくなった
遠くなった
手の丸は、ふしぎだね

星、お取り寄せ

「星を、お取《と》り寄《よ》せできる望遠鏡《ぼうえんきょう》だってさ」

「そんなこと、できるの？」

「そうらしい。でも、どうするんだろう？」

お兄ちゃんとぼくは、物置《ものおき》にあった古ぼけた箱の中から、望遠鏡と説明書《せつめいしょ》を見つけた。その箱には『星、お取り寄せ望遠鏡』と書いてあった。今、お兄ちゃんは、中に入っていた説明書を読んでいる真《ま》っ最中《さいちゅう》。

ぼくたちは、さっきまで、古いアルバムを見ていた。その中に、亡《な》くなったおじいちゃんの写真があった。おじいちゃんは、宇宙《うちゅう》に関するものを見たり、研究したりする天文台《てんもんだい》の前で、わらっていた。まるで、アニメに出てくる博士《はかせ》みたいだった。


アルバムのさいごのページに、手紙がはさんであった。

「将来《しょうらい》の、まごへ」

ふうとうの表《おもて》には、そうかいてあった。うらには
「君たちのおじいちゃんより」

とあった。


「まごって、ぼくたちのことだよね？」

お兄ちゃんとぼくは、顔を見合わせた。

「おじいちゃんは、ずっと前に亡くなったって聞いたから、ぼくたちが生まれる前に、これをかいたのかなあ」

ぼくたちは、なんとなくてれくさいような気持ちで、その手紙を読んだ。

手紙には、

「物置に、わしが作った、おもしろい望遠鏡があるぞ。それで、夜空を見てみるといい。あれは、楽しいぞ」

かいてあったのは、それだけ。ぼくたちに、いろんなことをかいてくれたのかと思ったのに。へんなおじいちゃん。

そういえば、お父さんがいっていた。

「おまえたちのおじいちゃんは、ちょっと、かわっていたんだよ」

「どこが、かわっていたの？」

「天文学者《てんもんがくしゃ》なんだけど、発明《はつめい》が好きでね」

「天文学者ってことは、お父さんと同じで、星や宇宙のことを研究したんだね。

それなのに、おじいちゃんは、発明もしたの？」

「そうなんだ、それも、かわった発明だ」

「かわった発明って、いったい何を発明したの？」

「おかしな望遠鏡とかね……」

その時、お父さんは、なつかしそうにわらった。

「星を、お取り寄せできる望遠鏡って、あの時、お父さんがいっていた、おかしな望遠鏡のことかも」

「きっと、そうだよ」

そんなことをいいながら、ぼくたちは、物置をさがすことにした。そうしたら、本当に、古ぼけた箱の中に、望遠鏡を見つけたんだ。


お父さんは、天文学会議《かいぎ》があって、今、外国に出張《しゅっちょう》している。たしか、四日後に、帰ってくるはず。家には、おばあちゃんとぼくたちだけだ。

「お父さんに、話してから、望遠鏡を見たほうがいいかな？」

ぼくがいうと、

「だめだよ、外国だもの。それに、おじいちゃんが『まごへ』って手紙をかいたんだぞ。てことは、ぼくたちに、望遠鏡を残してくれたんだよ」

たしかに、お兄ちゃんのいうとおりだった。

「わかったぞ。ボタンを押《お》せばいいんだ」

とつぜん、お兄ちゃんがさけんだ。

「そうすれば、星を、お取り寄せできるんだ。これは、すごいな」

お兄ちゃんは、こうふんじょうたいだ。

「お取り寄せって、高級《こうきゅう》食材《しょくざい》みたいだね」

ぼくは、エビやカニを想像《そうぞう》していた。

「取り寄せたい星を望遠鏡でのぞいて、レンズの中の十字線に合わせて『お取り寄せボタン』を押すと、星が空からすい取られて、接眼《せつがん》レンズを通りぬけ、自分のところにやってくる、ってかいてある」

お兄ちゃんは、説明書を大きな声で読みあげた。

「接眼レンズってなんだっけ？」

お兄ちゃんに聞くと、

「ほら、望遠鏡で空を見る時に、のぞくほうのレンズだよ」

お兄ちゃんは、早口でいった。

「そうだったね。じゃあ、十字線って？」

もう一度、お兄ちゃんに聞くと、

「この前、教えたでしょ。レンズをのぞくと、中に見える、十の字のことだよ」

さっきより、さらに、早口でいった。

「うん、あれね。じゃあ、十に合わせて、ボタンを押すと、本物の星が、空からレンズを通って、やってくるってこと？」

ぼくの頭の中が、エビやカニから、星にかわった。

「そうみたい。できそうだよ。すごいよなあ」

お兄ちゃんは、うれしそうにいった。

「すごいね、ぼくたちのおじいちゃん」

ぼくたちは、おばあちゃんにもだれにも、このことはいわずに、夜になるのを待った。


夕ごはんを食べてから、おじいちゃんの望遠鏡を持って、そうっと家をぬけ出した。めざすは、このあたりで一番高い「赤山《あかやま》」だ。この山は、名前のとおり、夕方になって、日がしずむころは、空も山も、真っ赤になる。

赤山に着いて、空を見あげた。お兄ちゃんは、大きな石の横に、望遠鏡を立てた。数えきれないくらいたくさんの星が、空一面《いちめん》に広がっていた。先に望遠鏡をのぞいたのはぼく。

「ねえ、あれにしようよ」

ぼくは、大きな星に、十の字を合わせた。

「どれ？　代わって」

お兄ちゃんは、望遠鏡をのぞくと

「だめだよ、あんな大きなの。いなくなっても、だれも気づかないようなやつじゃなきゃ」

かわりばんこに望遠鏡をのぞいて、ようやく、小さく、目立たない星をさがした。

「ちょうどいいぞ」

さっそく行動開始。説明書を見ながら、指示《しじ》をするのはお兄ちゃん。望遠鏡をのぞいてボタンを押すのはぼくの役目。ぼくは、ドキドキしながら望遠鏡をのぞき、お兄ちゃんがいうように、十の字に合わせた。いよいよ『お取り寄せボタン』だ。深呼吸《しんこきゅう》をしてから、ボタンをゆっくり押した。

すると、小さな星が一つ、空からすい取られて、レンズを通りぬけてやってきた。

「やったあ、本当にきた」

ぼくの手の上で、星がういている。お兄ちゃんが手を広げると、今度はお兄ちゃんのほうへ行った。巨大《きょだい》な、ほたるみたいだ。

「もう、家に帰ろう」

お兄ちゃんが、あたりをきょろきょろしていった。ぼくは、両手で星をやさしくつつんで、ポケットにしまいこんだ。


家に着くと、ぼくたちは、そうっと部屋に入った。ぼくは、すぐにポケットから星を出した。星はうれしそうに光って、部屋の中をふわふわと動きまわった。お兄ちゃんが、

「ここは、ぼくたちの家だよ。気にいった？」

星に話しかけた。すると、星はキラキラ光った。まるで、返事をしたみたい

だった。

「ぼくたちのおじいちゃんが、この望遠鏡を発明したんだよ」

ぼくがいうと、やっぱり星はキラキラ光った。

その夜、星とぼくたちは、夜おそくまで話をした。

「空からぼくたちの家は見えるの？」

「星って、昼間は、ねているの？」

次から次へと、質問ぜめにしたかもしれない。それでも、星は、ふわふわしながら、キラキラ光ってくれた。

星は、キラキラするのが「はい」、何も光らないのが「いいえ」の返事のようだった。


そのころ、世界中は大騒《おおさわ》ぎ。世界には、少しも目立たない小さな星のことも、全部知っている人はたくさんいるみたい。夜空から星が一つ消えたことは大問題で、大きなニュースになっていた。

消えたあの星について、どうして消えたのかと、世界中で話し合いがされていたらしい。

ぼくたちは、そんなことをちっとも知らずに、星とおしゃべりを楽しんでいた。


「やっぱり、夏休みはいいなあ」

次の日、昼ごろ起きると、

「こんなにおそくまでねているなんて。明日から、早く起きなさい」

おばあちゃんに、おこられた。

ぼくたちは、ごはんを食べて、すぐに部屋にもどった。カーテンを閉《し》めて、押し入れの戸をちょっとだけあけた。押し入れのすみで、星はキラッと光った。

「星だもん、昼間は、ねていたほうがいいのかな」

ぼくがいうと、

「そうだな。戸を閉めておこう」

ぼくたちは、夜になるのを待った。

「そろそろ、あけてもいい？」

「もう、真っ暗だし、いいよな」

ぼくは、部屋の電気を消して、押し入れの戸をあけて、両手をのばした。星は、キラキラしてぼくの手の中へやってきた。

「すごい、すごい」

「今度はこっちへおいで」

お兄ちゃんが、手を出すと、星がふわふわと移動《いどう》した。ぼくたちは、その夜も、ゆめのような時間を過ごした。


次の日、世界では、天文学者たちが、小さな星が、このままいなくなった場合について、話し合っていた。お父さんも、もちろん、そのニュースを見たらしい。

その日の夜、とつぜん、お父さんが、外国から帰ってきた。

「お父さん、帰るの、明日じゃなかったの？」

ぼくが聞くと、

「お兄ちゃんは？　星は？」

お父さんは、こわい顔をしたまま、いった。それから、ぼくの手をひっぱり、ぼくたちの部屋へ行った。

「やっぱり、そうか」

星を見ると、

「なんてことだ。お前たちは、説明書を、さいごまで読まなかったのか？」

おこっていった。

「取り寄せた星は、三日以内に夜空にもどさないと、『超新星爆発《ちょうしんせいばくはつ》』といって、大きな爆発を起こして、はげしく光るんだ。そうなったら、星も地球《ちきゅう》もなくなるかもしれない。もう今夜しかない。星と地球を助けたかったら、お取り寄せした場所に行って、すぐに夜空に返しなさい」

じつをいうと、星は、昨日の夜のとちゅうから、元気がなくなっていた。うなだれたまま、話しかけてもあまり反応《はんのう》しなくなった。時々、へんなチカチカをくりかえしていた。だから、このままでいいのかなと、ぼくたちだって、心配していたんだ。

「急がないと」

お父さんは、今度は、本当にこまった顔でいった。


ぼくは、へんにチカチカする星をそうっとポケットに入れた。お兄ちゃんは、おじいちゃんの望遠鏡を持った。お父さんとぼくたちは、赤山に急いだ。赤山に着いて、ぼくは、ポケットからそうっと星を出した。星は、激《はげ》しく光ったり消えたりした。まるで、もうすぐ爆発するみたいに。

「だいじょうぶかなあ」

ぼくたちは、泣きそうになった。


「ここで、お取り寄せボタンを押したのか？」

お父さんが聞いた。

「ちがう、あの大きな石の横」

お兄ちゃんが指さすと、お父さんは、あわててそこに望遠鏡を立てた。

「この前と同じ方向に向けなさい」

お兄ちゃんは望遠鏡をのぞいて、小さな星があった位置に向けた。

「早く、早く、その星を、接眼レンズに近づけなさい」

お父さんが、早口でいった。

「わかった。のぞくほうのレンズだよね」

ぼくは、ポケットから、星を出して、接眼レンズにそうっと近づけた。

「友だちになってくれてありがとう。長く、地球においてごめんね。元気でね。さようなら」

ぼくたちは、星とおわかれをした。


星は、さいごの力をふりしぼるように、やさしくまたたいた。ぼくたちには、星が「さようなら」といっているような気がした。

そして、お父さんが『もどしボタン』を押すと、星は望遠鏡にすいこまれていった。

「ちゃんと、もとのところに帰れたかな？」

ぼくがいうと、

「ああ、これで、だいじょうぶなはずだ」

お父さんは、右手でお兄ちゃん、左手でぼくの手をぎゅっとにぎった。


それから、お父さんは、話を始めた。

「おじいちゃんが、この望遠鏡を発明した時、お父さんは大学生だった。おじいちゃんと二人、毎日、赤山に登っては、星をお取り寄せしていた。その時は、星が、一分しか地球にいられなかったから、お取り寄せしては、すぐに空に返していたけどね。そんなことをくりかえしているうちに、星を取り寄せることが、星にとっても地球にとっても、危険だということがわかったんだ。それで、あの望遠鏡は物置にしまったはずだった。でも、おじいちゃんが、亡くなる時に、お父さんにいったんだ。望遠鏡を改造《かいぞう》して、星が三日いられるようにしたからってね。その言葉を、すっかり忘《わす》れていた。だから、外国で、ニュースを見た時は、おどろいたよ」

お父さんは、いつものやさしい顔にもどっていた。

家に帰ると、

「迷子《まいご》になっていた星が、とつぜんもどる」

さっそくテレビで、ニュースになっていた。世界中の天文学者たちは、また大騒ぎをしていた。

次の日、お父さんは、あわてて、外国にもどった。まだ、仕事があるのに日本にもどってきたから、やり残してきたことがあるらしい。

ぼくたちは、その夜も、赤山に行った。そして、おじいちゃんの望遠鏡を、大きな石のところに立てて、あの星がある場所に向けた。あの星は、おだやかに光っていた。

ぼくは、星に向かって、

「元の場所に帰ってよかったね」

と話しかけた。すると、星はやさしくかがやいた。

お兄ちゃんは、
「もっと長く、ぼくたちと遊べるような望遠鏡を、今度は、ぼくが発明するからね」
と話しかけた。星はやさしくかがやいてから、少しジャンプしたように見えた。きっと、うれしかったんだろうと思う。

ぼくたちは、それからも、毎日、おじいちゃんの望遠鏡を持って赤山に行っている。時々、お父さんも、いっしょに行ってくれる。

星を見ていると、楽しくてしかたがない。ぼくは、大きくなったら、お兄ちゃんといっしょに、おじいちゃんのような発明家の天文学者になりたいと思っている。

〈著者紹介〉

ひろみ
石川県出身、山梨県在住。都留文科大学卒業。元公立小学校教師。

「続きは今度ね」と言わなくても、10分くらいで読み聞かせができ、しかも、いろいろな話が詰まっているおもちゃ箱みたいな「童話集」があったらいいなと、ずっと思っていました。この童話集が、そんな一冊になってくれたらいいなと願っています。

ちょっと時間が空いたら、気持ちを切り替えようと思ったら、寝る前に心をほんわかさせたかったら……など、いろいろなシチュエーションで楽しんでいただけたらと思います。

カエルのつけもの石《いし》

2023年10月27日　第1刷発行

著　者　　ひろみ
発行人　　久保田貴幸

発行元　　株式会社 幻冬舎メディアコンサルティング
〒151-0051　東京都渋谷区千駄ヶ谷4-9-7
電話　03-5411-6440（編集）

発売元　　株式会社 幻冬舎
〒151-0051　東京都渋谷区千駄ヶ谷4-9-7
電話　03-5411-6222（営業）

印刷・製本　中央精版印刷株式会社
装　丁　　都築陽

検印廃止

Printed in Japan
ISBN 978-4-344-94560-9 C0093
幻冬舎メディアコンサルティングＨＰ
https://www.gentosha-mc.com/